사이좋은 농담처럼

김 철

사이좋은 농담처럼

김 철 시집

아시아

MODLY에게

시인의 말

고백은 듣지 않고
보기로 했고
장면으로 만들기로 했다

인간과 인간 사이라는 규정은
어느 쪽 인간을 위한 규격인지 모르겠다
우리는 양립할 수 없는 세계와
양팔처럼 함께 했으면 하는 세상을
동시에 본다
노동과 쟁취가 부딪치고
세상엔 많고 많은 협력업체들로 이루어져 있지만
수평과 수직이라는 것은 말하지 않는다
그런 수평과 수직은 늘
사이좋은 농담처럼 대답한다

장면을 만들기로 했지만
진짜 장면은
만들어지지 않는다

사이좋은 농담처럼

시인의 말

1부

2부

해설

제1부

규칙

곳곳에 굴러가는
공이 있다

어디로 튈지 모르는 네모난 잔디밭에서
숨어 있는 골대를 찾는 일
찾아서 오늘의 숫자를 알려주는 일
그물의 역할에 대해
촘촘한 조언을 하는 일

도망치던 규칙 하나가 하프라인을 넘을 때
휘슬소리가 펄럭거리고 등번호를 제친다

발로 차는 일에
동그란 저항

빵빵한 공기를 차곡차곡 채워 넣고
발과 발 사이를 드리블로 옮기는 합법적 저항

발재간을 멈추고 모퉁이를 돌아
규칙이 전망하는 곳으로의 폭풍질주

오늘 밤 지구는 골대 구석으로 빨려 들어갈까
아니면 골대 밖으로 비껴갈까
무회전으로 공전중이다

저 푸른 잔디 속
숨겨진 규칙들은 미끄럽거나
무럭무럭 자라고
불규칙 사이로 세워지는 규칙들

밤과 낮, 두 개의 규칙으로도
지구는 여전히 돈다

옥상

가장 뜨겁고 가장 추운 곳을
맑은 날로 제정하기로 했고
가장 넓고 가장 가까운 곳은
높은 곳으로 지정하기로 했다

쉬는 날, 파란 옷가지들 사이로 별과 별 사이를 쉽
게 잴 수 있었다 빨랫줄의 거리는 몇억 광년이 될까
밤이면 몇억 광년 속에서 날아온 몇몇의 별들이 옷가
지를 자신의 국기로 쓰곤 했다

기울지 않는 달의 뒤편을 상상하고
스티로폼에서 자라는 토마토의 일조량으로
양은냄비의 뚜껑을 들썩이게도 했다
가끔 숨은 화분 같았고
외계인들의 회담장 같기도 했다
난간의 끝에 걸터앉아 듣는 소식들은 낮았다
지상의 평수에 포함되지 않는 곳

천장이 없는 머리 위로

너무 먼 곳의 별들이 발견되었다

이륙과 착륙들이 포기한 곳

관제탑인 양 불쑥 높던 지붕이 뜨겁던 방

지혜

사냥꾼은 지나간 것을 쫓는다
발자국은 지혜의 표시
대부분의 네발짐승은 발자국 대신
꽃송이를 남겨놓는다

꽃송이는 뒤로 걷는 생물,
생물은 시든다
재빨리 발자국을 숨겼던
지혜들이란 자신의 뒤를 의심한다

다섯 발자국을 뒤로 걷고 한 발을 내딛는 술 취한
남자
바람의 지혜는 깃털에서 태어났다고 하고
물고기의 지혜는 꼬리에서 이뤄진다고 했으니
취중보행은 쉽게 따라 잡히지 않겠지

며칠을 뒤쫓은 사냥꾼은 가끔

짐승들의 발자국을 구워 먹기도 한다는데
그건 달리는 맛
도망치는 맛이라고 한다

또 숨지 않는 발자국은 맛이 없다고 했다

숨기려는 발자국과 들켜버린 발자국이
한 사람의 뒤에서 발견되었다

평지인간과 높이의 인간

내가 수습딱지를 지나 대리를 달고
다시 과장 대우가 되는 동안 내가 아는 그는
가장 높은 인간이었다
심지어 그는 몇 년 동안 한 번도
그 높은 곳에서 내려온 적이 없었다

그랬던 그가 드디어 그 높은 곳에서
낮은 곳으로 임하듯 내려왔다
무중력으로 가득한 평지,
내려오는 과정에 받은 환영이라면 수건 한 장이 전
부였다
처음 평지인간이 된 것처럼 며칠간은 어지러웠다는 그
이 땅의 땅은 세상 어느 곳보다 높고 비싸서
누구든 휘청거리지 않는 사람이 없다는 것을 새삼
느꼈다고 했다
알고 보면 그는 아주 높은 사람으로 몇 년을 사는
동안

사실은 가장 낮은 인간이었다

그 낮은 곳에서 폭염과 호우가 도르래를 타고 지나
가는

기상일보를 바라보았다고 했다

목적이 쌓아올린 기둥들이라면

저 높은 고공보다 더 높은 곳은 없다

평지인간 중엔 그가 고공인간으로 있는 동안

그가 있던 고공보다 더 높은 인간이 된 사람들이 수
두룩하다

가장 높은 것들은 가장 낮은 곳에서

거만한 행세를 하고 있었다

이렇게 높은 곳에선 살 수 없다고

그가, 다시 올라갈 곳을 찾고 있다고 한다

돌아서서 오른 길을 돌아서서 내려와야만 했던 일

계절이 그만 남겨놓고 진급을 하고 있는 중이다

세모 개척기

오늘은 지루한 세모에서 시작한다
땅따먹기의 밑변에 각도를 심어두고
세모의 중심을 세웠지만
우리 땅은 구르지 않았다

찢어진 세모를 주워서
주머니에 넣어야지
뾰족한 세모의 얼굴이 구겨지겠지

세모를 질투하던
몇몇의 네모들

　세 음절로 끝나는 이름을 버리고, 세 마디 손가락으
로 명예를 새겨 넣고 세 갈래 길거리를 바닥에 던져놓
는다 세모가 세워놓은 울타리엔 모서리가 비어 있는
양들이 차 있지만 뾰족한 모서리의 바깥쪽엔 각도를
어긋난 타원들이 즐비하다

직선 하나 사라지면서 세모가 되었다. 세모는 톱니
바퀴가 될 수 없다 빈 상자도 될 수 없고 지붕 끝을
뚫은 굴뚝도 될 수 없다

누군가 먹다 남긴 치즈 케이크 속에 들어 있는
세모를 위해 기도하고
모서리들을 뒤져 세모를 줍는다

끝과 끝이 만날 수 없는 곳에
세모를 두고 왔다
지평선과 수평선의 만남 사이로
완성되지 못한 꼭짓점들이 즐비하다

저울

날뛰는 바늘 속에서
우리는, 고요한 영점을 가지고 있다
한 번도 흐트러지지 않는 영점은
죽은 영점이라 말하곤 했다
가벼운 의자의 승진을 위해
바르르 떨림의 시선은 수평을 맞추고
셔츠 깃의 영점에 내 목을 걸어두고
양 소매의 깃에 균형을 조율한다
떨리는 첫발로
무거운 의자와 가벼운 의자를 구별하는
착석의 저울이 되어야 했다
최대치, 더 이상 측정되지 않는
영점으로 되돌아가는 귀환 속에
무거운 의자는 재빨리 제거 대상이다
차근차근 순차적 나열된 의자 사이로
의자를 밀어 넣어본다
아직 영점은 흔들리고 있다

다시 수평을 맞추고 균형을 잡고

압축된 야근으로 대칭을 맞추면

더욱 가벼운 의자를 저울하기 위해

키보드에 기차 소리가 달린다

가벼운 의자부터 가벼운 슬리퍼까지

무게가 없는 모든 것에 눈도장을 찍어놓았다

내일 가벼워질 의자는

반대쪽 저울 위를 꿈꾸는 척추와는 달리

셔츠 깃 영점의 내 목은

새까만 때가 묻는다

나무에서 떨어진 후

나무에서 떨어진 후
퇴화를 앓는다

육백만 년 전 나무에서 내려왔다는 인류는 어쩌면
자신의 진화를 뚝 분지르고 스스로 떨어졌을 수도 있
다는 생각이 든다 흔들리는 잠의 종족에서 직립보행
의 시야를 갖추고 포물선을 발명해냈을 것이다

아직도 숲에서 곰을 만난 사람은 나무 위로 도망친
다. 아득한 자신의 진화 이전으로 피하는 일처럼 흔들
리는 나무 한 그루씩 차지하고 올라온 일은 잊고 내려
가는 방법을 인간은 아직 모르는 것 같다

나무 밑엔 욱신거리는 꼬리뼈가 아직 있다

올라간 일을 잊은 덕에 어쩌면 내려올 수 있었는지
도 모르겠지만 느닷없이 퇴화를 불러오는 아득한 미

래 어디쯤에서 여전히 헤매어야 하는지 첫 보행을 시작한 인류처럼 조심조심 걷는데 어쩌면 퇴화보다 빨랐던 성장들, 아부와 공격의 움직임은 퇴화 이전의 완형처럼 지워지지 않고 욱신거렸다

꼬리, 저 엉덩이 속에 숨겨놓고 자신만 가끔 꺼내어 보고 다시 다듬고 하는 것이다 그곳에서 아직 퇴화되지 않고 있는 비굴함과 염치의 상태를 확인하는 것이다

길 고치는 사람들

길 고치는 사람들이 있다
사람만 다니는 길은 사람이 스스로 고친다
사람의 흔적이 길을 고치는 도구다

찢겨진 지도를 새겨놓은
핏자국이 아스팔트 위로 물든다
부서진 횡단보도와
구겨진 신호등은 경광등을 흔들고
야광조끼가 곳곳에서 상향등을 대신한다
속도가 길을 망가지게 했다
이쪽과 저쪽에서 번갈아 길을 막고 또 열 때
이때, 괴물 같던 자동차도 온순해진다
간단한 수신호에도 얌전하게 따른다

이곳도 나름 군락이라고
공사는 사고를 사고는 사람을 부른다

그런 어떤 구간 사이를 고치는 일
사과와 오해의 사이를 번갈아 주고받던 일
이쪽의 비상등을 던지면
저쪽의 하향등이 꺼지던 일

점멸된 길,
이쪽에서 수신호로 길을 막고
저쪽을 열어놓을 때
몇 대의 차량전조등에 저녁이 켜져 있다

노동복

우리가 입었던 옷에는
묻지 말아야 할 곳이 많았다

찢어지거나 구멍이 난 곳 외에도
얼룩진 모양 주변은 아주 깨끗하거나 하얗다
우리는 다 같이 옷을 털었고
같은 곳에서 같은 땀을 흘렸다
빗맞은 망치가 머리 위로 떨어지거나
고단과 주눅이 처음 보는 얼룩 모양으로
뭉쳐지거나 찌그러졌다

내가 모르는 일이 묻는 날이 있다
또 내가 알던 얼룩들이 깨끗해지는 날이 있다
얼룩은 얼룩을 낳았고
소매에서 어깨로 빠져나가는 일 따위 없었다
다만, 일루에서 이루로 도루하듯 은밀하게 뛰어다
녔다

지저분한 곳들이 많아지면 옷들은 낡아가고
사람과 일과 미래가 함께 입을수록 빨리 구멍이 난다

얼룩은 항상 모르게 생긴다
엄마들은 우리가 어렸을 때나 어른이 된 후에도
옷에 얼룩이 묻는 것을 싫어했다
갈아입는 일과 껴입는 일이 있다고
엄마들은 주지시켰지만
그중 옷에 묻는 일이 가장 투명했다

지문과 입들이 소매에서 얼룩이 되었지만
우리가 알던 얼룩은 투명했다

저녁이라는 뒷심

막판을 두고 왕래했다고
생각을 했지만 가끔 집과 직장 중
어느 곳이 막판인지 궁금하다
그럴 때 늘 뒷심을 발휘하는 것은
저녁의 힘이다
저녁을 믿지 않는 사람은 없다
지치지 않는 저녁을 고마워하는 사람도 많다
저녁은 항상 집 쪽으로 가고 있으니까
물이 아래로 흐르듯 저녁은 언제나 집 쪽으로 저물
어가니까
그곳으로 가서 환하게 불을 켠다
손발을 씻고 신발을 가지런히 놓고

늘 집 쪽으로 가는 저녁은 정체되지만 환한 후미등
을 밀며 가는 것은 몇 번의 교차로와 언덕과 강변을
지나 도착하는 저녁들의 골목과 계단을 오르고 또 내
려서 비틀거리는 사람을 부축하는 저녁의 힘, 저녁은

안쪽보다 바깥이 더 빨리 닳고 가방을 낡게 하지만 집까지 데려오는 술친구처럼 다음날 아침을 데려오는 저녁들의 뒷심은 눈치 없는 마무리와 저녁을 향한 발자국에 떨어지는 잉크의 흔적으로 번진다

    매일과 매번의 사이를 오간다는
    늘 저녁의 뒤를 따라와 환한 도장을 찍어두는 달
    그림자의 행색으로 저녁을 몰고 간 능선을 따라 달린다
    결말을 앞둔 저녁의 뒷심이
    막바지 하루를 재가(裁可)한다

소리를 자르는 일

어쩌다 큰 소리를 하나 받아들고
문래동인가 아니면 불광동인가
어딘가 있다는 큰 가위를 떠올린다

이렇게 큰 소리는 필요 없지
지구에는 이제 먼 곳들이 사라졌으므로
나비의 날개나 차라리 오르트 구름 따위를
손에 들고 있는 것이 훨씬 유용하겠지

재단 앞에 감언이설이나 부드럽고 거칠던 말들을
박음질 해놓으면 날 올의 음절들이 터져 나오던 때가
있었다 속삭이던 재봉과 이간질하던 가봉 사이 잘못
꿰어진 농담이란 말이 즐비했다

가위는 가끔 무언극의 재료로 사용되거나
구름을 썰고 비를 내리게 하는데
때론 쉽게 노을이 묻는다는 단점이 있다

반면 소리는 자신을 직접 접을 줄 알아
귓속말이 되기도 한다
그래서 지평선과 수평선의 이음새 어디엔
틀어진 파동처럼 큰 소리와 작은 소리가 섞이기도
한다

잘라진 말과 부서진 말들이
가위의 날처럼 날카롭던 궤도
소리를 잘라두면 흐느낌이나 잔망스런 웃음을
웃을 때 유용하겠지
권유나 모욕적인 말은 구겨서 표정을 숨기고
채우지 못한 귓바퀴를 창가에 걸어두지

가위를 수소문해야 해
그렇지 않으면 이날의 악몽처럼
이 넓은 소리를 덮거나
흥겨운 행사를 찾아다녀야겠지

일렬

일렬을 관리하는 직업이 있다는 사실

전동킥보드 회사 직원인 남자가
다듬어놓은 일렬은 금세 흐트러진다
도시의 아무 곳에 세워지는 일렬의 일부는
또 다른 도시의 좌표가 되었지만
좌표란 끊임없이 이동하다 결국
제자리로 돌아와 다시 일렬로 정렬되는 것이다

일렬은 반듯하지만 돈이 안 된다
이곳저곳 흩어져야 비로소 돈이 되는
그 일렬은 우리가 배워온 미덕
자랑스런 전체주의 신봉자들의 혀에서
끌끌 혀 차던 소리가 되었지만
일렬로 정렬될 때 그들은 어디에선가 나타난다
나타나서는 일렬로 늙어간다

미덕을 배운다는 아버지는 직렬의 대기 중인 택시 승강장에서 빈 차의 불을 끄고 도주했다. 골목의 좌표와 지도 밖 방위를 따라 숨겨진 돈을 찾아 달리는 무질서의 신호등과 술래잡기를 하던 광경. 도망 다니거나 사이를 뛰어다니는 헬멧도 총성을 터트리기 직전의 시위도 바람이 불어야 흔들리는 국기도 모두 일정한 질서와 정렬 속에 있다.

일렬은 관심과 감독과 관찰의 등 뒤로 규제를 태우고
단체와 규율과 억압 사이를 굴러다니다 돌아온다

매일 아침 전동킥보드의 일렬 속
지구의 하루가 월급으로 내장되어 자전하고 있다

몰락

왕조의 몰락은 이곳의 밥줄이다

봄, 입학을 앞두고 나는 목련을 조립하는 공고에 입학하고 싶었으나 부모님들은 몰락한 왕조의 사관이 되라고 했다 수양인지 능수인지 버들잎이 미친년 울음처럼 날리던 천(川)변을 걸어 골판지로 세운 듯한 성벽을 지나치며 몰락한 명언을 외웠다

천변에서 가끔 일진들의 훈련일지를 몰래 훔쳐보았고 장위영(壯衛營)과 잡배들의 힘겨루기를 멀리서 지켜보기도 했다 골목 사이사이에 장위영떨거지들의 초소들이 즐비했고 기창(旗槍)이 세워져야 할 자리엔 어린 잡배들의 담배꽁초가 수북할 뿐이었다

태양빛이 지붕 위 잉어의 비늘들을 쓸고 갈 즈음이면 몰락한 후예들의 미천한 힘겨루기가 빈번했다

이곳은 왕조의 접경지,

유유히 천변의 길은 나아가고

골판지의 성벽 틈으로 넝쿨들이 붉어진다

붉은 불빛, 붉은 얼굴, 붉은 눈동자의 적월(赤月)이
시작되는 도시

남루한 풍류와 단명한 왕조의 흔적은

행낭 속 목련처럼 희고

적월 속엔 붉은 홍매화가 핀다

시그널

그럴 수도 있어

이사를 떠난다는 소리를 듣는 순간부터 옆구리에 찔린 못들이 툭, 터지고 벽지 위에 새겨진 가나다라마 바사는 여러 개의 발로 도망가고 브라운관에서 번개 가 터져 튀어나올 때, 전등과 깨어진 액자들 부스러지 는 유리조각들은 듣고 있었지 한밤중 깨어난 할아버 지가 어제저녁 꿈꿨던 장작들에 불붙을 시간 말이야 눈 떠지지 않는 전등이 뉘엿뉘엿 책상 위에 그림자를 굴리며 있을 때,

그런 날 있었지

우리 집이 바람이 난 집이란 소리가 들려오는 순간 부터 휘어지던 나뭇가지의 잎들이 떨어지고 바람이 불어왔고 창자가 끊어지는 말(馬)들이 소리 지를 때 녹 슬어버린 벽지들이 사람들 대화에 끼어들어 찢어놓기 일쑤였고 흔들거리는 문짝들을 열고 집에 들어갈라

치면 밀어내길 수십 번이었어

　어쩌면, 이사를 간다는 신호 속으로 금간 유리들이 얼굴 속에서 금을 그어놓고 할아버지의 꿈속에 네모 반듯한 관으로 할머니를 기다렸듯이, 모든 일들은 우연이 아닐 거라 생각했어 그리고 창틀마다 삐져나오는 그림자를 피워놓은 병풍 앞의 세 가닥 향초들

막막한 숨

부레,
물속의 물 밖이다

공기를 폐에 넣고 다니는 호흡법
호흡이란 안과 밖을 번갈아 바꿔주는 일일까
인간은 인간을 가쁘게 몰아쉬고
물고기는 물을 쉰다

마땅히 해야 할 일들엔
광합성하는 숨과, 아가미의 숨 쉬는 방법이 다르다
들숨과 날숨으로 순환하던 밤낮도
정오와 자정의 비거리만큼 달랐다

숨이 거느리고 있던 것들은 모두
1분 밖을 살려고 한다
그것밖에 견디지 못하면서 늙고 병드는 굴절을 고
민한다

아버지의 우주복은 주간을 견디는 옷일까
야간을 옮기던 옷일까

물 밖은 위험하다는 말을 들었지만
우선 폐에 넣고 다니는 호흡법을 배우고
피부호흡을 하던 아버지와 교대를 했다

옷의 중력으로 양팔이 둥둥 떠다니고
누군가 부르면 돌아보는 귀는 퇴화되었다
지느러미와 비늘로 우주복의 안과 밖을 섞어줄 수 있는
부력이 필요한 시기다

팔이 떠오르고 퇴화된 귀가 뻐끔거린다
이제 막, 아버지의 숨으로
산소를 호흡하고 있다

옆집의 헤르츠(Hertz)

옆집은 왜 꼭 우리 집

옆집이어야 하나

옆집의 옆집인 우리 집도

옆집이라 불린다

확장된 주파수가 잡혔다

송수신 속 잡음으로 가득한 모스부호

엄마는 불을 끄고 채널을 돌린다

FM헤르츠에 흘러나오는 형의 뒷굽

예보에 흘러나온 내일의 날씨가

주름을 심어놓은 셔츠와

거울을 마주한 형의 예보는

폭설의 경제학도 침체기를 지난다고 했다

트랜지스터 사이로 증폭된

심야의 달팽이관에 도착할 때

정오의 교통상황이 옆집에서 정체되었다

갓길 주행을 풀어헤친 아날로그의 교양방송
빛의 속도로 달려간 옆집은
왼쪽일까 오른쪽일까

세상의 습지들은
버드나무의 희망사항일까
옆집의 칠음계 사이를 뚫고 나오는 층간소음
세상의 모든 옆집을 뚫을 수 있는 주파수는
어디서 시작을 하나
아직 AM의 어느 곳에서는
우리 집을 듣고 있다

방 탈출 게임

첫 번째 방에서 늘 울기만 했다고 한다

말을 배우고 바깥이 하는 말속으로 잠시 외출을 나왔다가 몇 가지 학습에 빠졌다 책상이 놓여 있는 방, 그림일기 속에서 태양과 구름과 우산을 배웠다 탈출을 위해 힌트를 찾는다 어제는, 그저께의 날씨는 어땠었지

숙련의 방, 모든 도구를 손에 익히면 지구본을 돌리고 계획을 작성한다 책장 속 책을 채우는 수식은 아직 역부족, 바깥의 말을 복습하고 지우개와 빨간 펜을 연마한다

어느 때인가부터 콧수염이 따라다녔다 책상은 점점 거대해지고 방과 후 공식을 아무리 풀어도 늦은 방을 탈출할 수 없었다 두 번째 힌트는 명순응(明順應) 실마리는 스탠드에 숨어 있었고 눈동자에는 알파벳과 수

학공식으로 계획을 구상해놓는다 의자에 몸을 묻고
자습서와 문제집으로 위장막을 펼치면 열 개의 발가
락마다 힘이 들어간다

볼펜은 버려두고 액자는 남겨두었으며 가방은 날개
인 양 푸드덕 소리와 함께 날아간다 햇살의 비밀번호
를 여전히 못 풀어서 지상의 문을 열 수 없다 천장의
전등만이 힌트를 제조중이다 탈출의 끝은 아직 발바
닥에 기생중이다

제2부

사슴

사냥꾼은 어디로 갔나
머리를 발굴하고 뒤이어
뒤를 돌아보는 모습이 출토되었다

뿔잔엔 천년의 아름다운 숙취가 고여 있었다

날개인 듯 짐짝인 듯
여전히 천 년 전을 돌아보는 사슴

머리를 숨기고 몸만 뛰놀던 배회 잔등 위로 숨어든
천년의 노랫가락이거나 사자(使者)의 형상으로 드나들
던 길목이거나 열 가락의 화살촉이 지나간 자리엔 걸
려 있는 월광의 등불을 돌아보던 고개처럼

풀꽃의 목 꺾임을 외면하는 일

누가 어깨를 치웠나

돌아본 사슴은 누가 불렀나

한 가지 소리에 고갤 돌리면
다수의 소리는 몸을 던지는 함성과 같은 일

어느 배합 속의 내장 같은 부속으로
나머지를 위장하던 식어버린
눅눅한 짜임새의 궤짝

살아남은 유해의 발자국으로
고개를 기울인 사슴
불은 꺼지고 문양으로 남은 투창

사이좋은 농담처럼, 홀가분한 우스갯소리처럼
아름다운 사슴

연못이 날아간다

좁고 외진 연못은 사실
곤충들의 활주로다
고작 사람의 허리쯤 오는 깊이여서
무한의 높이를 꿈꾸었다
한 번 깊이를 들이마신 숨으로 긴 활공을 배운다
아니, 숨 쉬는 일조차 잊고
물 밖을 준비한다

일정한 때가 되면 연못들이 날아오른다
한여름 치솟은 끝들을 위해
잠자리를 날려 보내고
온갖 곤충들로 여름의 채도는
한층 어둑해진 저녁을 불러온다
반딧불 움직이는 지시등을 따라
프로펠러가 수면 위에 파동을 만들고
수심에서 쏘아올린 구름을 움직인다
사실 연못처럼 단단한 곳도 드물다

변태의 날들을 보내기엔 적당한 곳이다
깨어지지 않는 물과 수면이라는 뚜껑을 덮고
미약한 존재들에게 비행술을 가르친다

날아오르려는 것들은
깊이 더 깊이 내려가 지하의 습관을 익힌다
더 내려갈수록 더 높이 날아오른다고 믿는다
연못이 날아오르고
공중이 배부르다

잉크

한 병의 잉크를 흔든다

한 병의 잉크는
몇 개의 별빛을 꺼트릴 수 있을까

우주에는 셀 수 없는 스위치가 많다
한낮의 스위치는 쓸모가 없지만
빛은 어둠의 문자로 이미 손색이 없다
그러므로 펜들은 똑, 딱의 순서로
켜지고 꺼진다

검은색엔 틀린 띄어쓰기가 많고
그런 책들에선 찰랑찰랑 소리가 난다
쏟아지면서
영토가 되고 별이 되는
한 병의 잉크
노을은 잉크의 전조현상이어서

펜촉이 긁어내는 소리로
새들의 부리가 벌레들을 쓴다

중력을 날인하면서
잉크들이 빠르게 번졌다

한 점의 별빛이 광속을 다 소진했다
잉크병 속엔 별들의 무덤이 있다

개선책

이 말은 진영을 갖고 있다

불행의 뒤끝

혹은 뒤늦은 일 끝에 언제나 제일 먼저 등장한다

지나간 말들 중

가장 빠를 것 같은 말

피할 수 있는 말 속으로 멀리 도피했던 말들

순서가 없는 대화에서도 먼저 나타나 시작되는 이
야기

어쩌면, 뒤에서 굳어진 곤욕과 분노가 한자리에 모여

아름답게 꾸며진 당황스런 말

이 말은 넓어서 미봉책도 가릴 수 있다

변명도 불법도 파렴치도 다 가릴 수 있다

각 대표가 모인 자리에

최선의 웃음과 최악의 흥분으로 견주고

붉은 띠와 흰 종이의 발전은

파란 낙인의 직인들

가장 아껴 써야 할 말인데도
다급할 때 아무나 가져다 쓴다
쓰고는 아무 곳이나 버리기 일쑤인
일회용처럼 버려진 해결책, 막연한 판례의
본보기가 되어버린 어느 무인도 같은 담화

그 말을 들추면 하청 노동자의 안전화가 벗겨져 있고
시도와 가능성이 폐기처분되고
무사고 전광판 속으로 빨려든 날짜가 있다

개선책들이란 누구에게는 면피용 말이고
또 누구에게는 희망의 말이기도 하지만
이불 한 장 같은 말
그악한 욕설 같은 말이기도 하다

불타는 집

불타는 집을 향해
사람들이 뛰어갔다

밤, 유일하게 밝은 곳이었으므로
나 대신 물을 뛰어들게 할 수 있었으므로
불타는 집 앞에서는
양동이들이 가장 비겁하다
가장 비겁한 것들 속에 숨어 자라는
불타는 검은색들
빨간 깃발 같은 불
격렬하게 불타오르는 비겁한 것들
집 안의 불을 다 켜도
이렇게 밝은 적은 없었을 거야,
몰려든 사람들이 웅성거릴 때
불길이 칠해놓은
칠흑 같은 본색들
검게 탄 벽들 뒤로 숨어버린

파란 숲이었던

벽지들

흩날리는,

불타는 집으로 뛸 때

제자리에서도 활활 뛰는 불길은 따라잡으려

우왕좌왕할 때

비겁했던 검은색들이 불 뒤에 숨어

발을 동동 구르는 것을 본다

우리의 역사에는 도시들이 있고

불타는 기념일들이 있고

뭉쳐졌다 흩어지는 사람들

고려장

늦가을 감나무 밑엔
오물오물 터진 감들이 씨를 발라내고요
물렁한 할머니 제 등에 업혀 산을 오릅니다.

할머니는 이제 걸어야 하는 걸음을 다 쓰셨고요
눈이 침침해서 그려
이가 없어서 그려
손이 떨려서 그런겨
핑계는 언제나 할머니 몫이지만
그래요, 다 할머니 탓이에요
아버지를 보며 한숨 쉬는 할머니
할아버진 누가 버렸나요
할아버진 언제 벼려지셨죠
그래요, 할머니를 버릴 곳은 이미 정해져 있고요
다음번 지팡이는
아버지가 들고 다닐 거예요
마지막으로 이 산을 오르는 걸음은 쓰지 않아도 되

니까요

다른 사람들은 화장과 납골당이 좋다 하지만
저는 산에 버리는 전통을 더 좋아해요

구십 개의 이야기를 등에 멘 할머니의 손
지팡이 끝에서 할머니,
자꾸 떨지 마세요
떨어진 잔소리를 따라가지 않을 거예요
그러니 자꾸 잔소리를 흘리지 마세요

오늘은 까마귀들도 없고
가묘도 아직은 따뜻하니까요
할머니를 버리기 딱 좋은 날이에요

가위의 쓸모

가끔 반대의 표시로
가위표를 사용하는 사람들
무뎌져서 못 쓰는 가위 하나쯤은
다 갖고 있는 사람들이다

어떤 표시들은 너무 무뎌져서
아무리 표시를 해도 번번이 무시를 당한다

사안의 과반을 넘지 못했거나
질긴 주체 앞에서는
못 쓰는 가위로는 어림도 없다

침묵일 때 더 날카롭게 쓰이는 속성이 있지만
가위는 분란의 절반을 정확하게 가른다고 생각하겠
지만
남는 쪼가리나 모자라는 곳을
이어 붙이는 일도 가위의 일이다

넓은 그늘이나 구름의 전장 같은 넓이와 길이는
계속 생산될 것이지만 그때마다
가위들은 새처럼 공중을 가르며 날아간다

무뎌서 단숨에 가르지 않고
어떤 중간을 주장하기만 하는 것이다
공식으로 생긴 계층과 분배를 나누는 징표
밀어내거나 당기는 거리와 간격은
표식이나 한 팀으로 뭉쳐지는 낙오의 부류다
예리한 인정과 섬세한 의견들의 후퇴
반대의 기둥과 폭만큼 그림자로 중재하는 일

가위를 이용하거나 사용하는 사람들이
경계의 반쪽을 잘라내고 다듬는 일
팔랑팔랑 자꾸 헛 가위질 하는 파란
늦가을쯤이면 끝내 다 자를 수 있다고

가위를 연마중이다

반가운 연탄

방 보러 다니다가 본

가지런히 쌓인 연탄 위로

흰 눈이 어색하니 내려앉고 있었다

싸늘한 하늘을 뒤집어쓴 골목 어귀

어쩌다 저 깊은 지층은 이 동네까지 올라와 있나

반나절 동안 바깥의 문고리만 만지는 사이

돈이 좁지 방이 좁을까

어느 문의 안쪽 손잡이를 잡는 것이

이렇게 을씨년스러운 일이라고

식은 연통이 묵묵하다

선탄과 연탄이 규격화되면서

따뜻한 반나절이 나누어 덮혔던 방들

위에 타던 불은 어김없이 또 밑불로 꺼지고

잠시 방주인이 자리를 비운

반나절 아랫목으로 미지근하겠지

아랫목이 사라진 요즘의 방들이지만

연탄이 쌓여 있는 집들은

아직도 따뜻한 아랫목이 있다는 뜻이지
이미 우주에는 별들이 많고
방 한 칸은 몇억 광년 밖에서
깜빡깜빡 식어가고 있다
몇억 년 전의 지층에 신세 지고 있는
달과 가까운 집들이 있다

제왕나비 편도기

사계절 사이에 몇 개의 서식지가 날개를 펴고 질까

제왕나비는 알래스카에서 겨울을 나기 위해 캘리
포니아 해안까지 날아오는 동안 새끼를 낳고 1세대는
죽는다

죽음만큼 정확한 릴레이가 또 있을까
다시 또 따뜻한 세대는 추운 세대를 낳고 추운 세대
는 따뜻하게 죽는 편도의 릴레이

몇 종의 원산지는 갈 수 없는 곳을
날개에 그 사유를 새겨놓았다
1세대가 없는 1세대의 탄생
죽음을 모르는 죽음을 달리는 종착역
편도의 길목들은 출생과 죽음을 먹고 자란다

종의 기원은 광물과 자원의 생애보다 길다

오로지 나아가는 인간은 멸종이 되어야 끝날 테지만 우리는 따뜻한 쪽과 추운 쪽을 다 사용하고 또 사막과 설산과 심해를 다 망가뜨리고 나서도 멀고 먼 별들을 향해 침략의 기술을 경쟁한다

반면 곤충과 새들과 몇몇 물고기들은
다만 덜 춥고 덜 더운 곳에 머물려는 것뿐이다

세대들, 가장 가기 싫은 죽음을 향해
전력을 다하여 뛰어가고 있다

매듭을 삼키다

오늘 삼킨 매듭은 유난히 속을 훑는다

이불속에서 엉킨 알람시계의 벨소리처럼

넝쿨처럼

서서히 내 몸을 헝클어지게 한다

삼켜진 매듭은 소화제로도 소화되지 않는다

바늘로 손을 따면 빨간 열매가

꽃의 시간도 없이 익고 떨어진다

원래 이 매듭은 나의 목에서

정중하게 격식을 차리던 것이었다

매듭은 매일 풀어지고

매일 묶인다

투명한 유리병에 깃드는 햇살 같다가

깨어진 햇살처럼 두 번 다시 묶이지 않겠다는 듯

산산조각 난다

별들은 모두 다섯 매듭으로 묶여 있고

그것을 밤의 포장이라 한다

포장을 했던 매듭은 언제든지

내 얼굴을 풀어버릴 것이라고 한다

침대 위 매듭이

내 근육을 먹어치운다

모로 누우면 매듭의 끝이 삐죽 나오는 것이다

나는 꽤 많은 헛소리를

꿈에서 풀어냈을 것이다

빨래의 거리

가장 따뜻하거나
가장 추운 사이의 거리가 궁금했습니다
5월의 옥상엔 직경만큼의 대각을
빨랫줄로 갈라놓아 보았습니다

따뜻하다는 남쪽의 어딘가 올빼미 성운을 찾고 처
녀자리와 목동자리의 끝을 음력으로 연결한다면 몇
개의 과거와 별자리의 거리는 얼마나 될까요

빨랫줄만큼의 거리로

아니, 어쩌면 빨랫줄의 길이로 지난 과거를 돌릴 수
있을 것이라 생각했습니다 멀수록 가까워 보이거나
가까울수록 멀어 보이던 달처럼 빨랫줄 사이의 집게
만큼 별자리와 성운들이 움직일 수 있다면

저 행성에서 바라보는 우린

B-612의 소행성이 될 수 있겠죠

한번에 한눈으로 다 들어올 수 있는 행성의 폭발로
우리는 어린왕자가 되거나 달의 분화구에 반원의
어둠을 넣고
절구를 찧는 토끼의 모습으로 남아 있겠죠

저 빨랫줄 길이는
늦잠을 잔 어제와 한 시간 전의 통화 거리
동생을 잃어버렸던 날의 간격
옥상의 거리로 우주의 거리를 재고 은하수를 다녀
오고
성간의 거리를 경험해보았지만
우린 갈 수 없는 곳이 너무도 많았습니다

빨래집게에 걸린 별자리,
널어놓은 옷가지들에서 비가 내리고 있습니다

늦은 주말
—김태우에게

젊은 남자가
늙은 남자를 간병한 날은
아무도, 아무것도 쉬지 않은 날이었다

신발장을 짚고
신발을 신던 그해
젊은 남자는 누나와 번갈아
대칭을 간병했다

병들이 보호받는 곳
늙은 남자의 연약한 병은
젊은 남자보다 억셌다

주름 가득한 병들은 왜 숨어 들어갔나

늙은 남자는 묵은 공기로 숨을 쉬었다
헐떡이는 공기도 가끔은 들이마시고 내뱉었다

자주 숨 쉬듯 깨지던 유리창
흔들리던 소파와 침대들이
늙은 남자를 억류시키는 중이었다

모로 누운 얼굴 위로
낙하하던 별자리가 이마에서 반짝였다
기상청에서 알려주지 않았던 불치들
라디오에서 틀어주지 않았던 날씨

빨간색 일요일들이
달력에서 푸르게 변했다

칠흑의 방 안에서
아직 다 개지 못한 옷을 정리하는
늦은 주말

격리

우리는 지구를 벗어날 수 없었습니다
동그란 구멍 속으로 태양을 거리두기 중인
모종의 바이러스, 지구 밖에는
우리를 위한 면역체가 없었습니다
중력이 없고 온도가 없고 숨이 없었죠
지구의 바이러스이거나 항체였던 우리는
몇몇의 국가와 헌법으로 부류를 나누고
변이가 될 바이러스에 언어의
항생제를 투여했습니다

접근금지,
무증상의 바이러스들이 가끔 지구 밖을 다녀오기도
했죠
집단(集團)은 소리나 어두운 빛으로 던져 올린 샘플
결핍의 바이러스는 격리의 방향을 잃어버리곤 했습
니다
동질의 부류를 만드는 가장 안전했던 행위

폐쇄된 공간의 금지구역엔

조금씩 숨을 갉아먹고 전이되는 그리움

우리는 우리를 배양하고

지구 밖을 경계하며

격리하였습니다

우리는 우리도 모르게 관계자 외 출입금지의

지역으로 몰아세운 바이러스로

숨을 쉬는 중입니다

해제, 토성의 고리가 돌아가고

낙엽은 태양을 갉아먹으며 붉게 시간을 보냈습니다

우리는 우리의 몸을 이끌고 주름을 만들고 근육을
비축했죠

퇴원하지 못한 몇몇의 성운과 왜성은 스스로 빛을
끄고

울다 지친 바람이 숨을 죽이고

흔들리지 못한 꽃잎은 떨어졌습니다

익히지 못한 울음은 유리 밖을 서성이다

통곡은 출입금지에서 오는 중입니다

염증 수치

귀가 부어오른 엄마

대답을 할 수 없는

질문 하나가 점점 차오르듯

고름이 차오르는 밤이다

엄마의 염증은 어디서 왔을까

아버지의 투석에서 시작되었을까

발을 불편해하는 신발과 양말들이

모두 목을 잘라버린 아버지의 면역력

괜찮아 신경 쓰지 마,

소극적인 염증의 입 밖으로 쏟아낸 말

고름이 가득 찬 달이 끙끙 밤을 넘어가고 있다

집안에 염증이 가득하다

수치가 높다는 건 염증들이 살기 좋은 환경

12시 40분 옆으로 누워 있는 엄마의 귀에

과산화수소를 뿌리고 흰 솜뭉치로 뒤적거렸다

이 소독약들은 꽉 막힌 귓속을 뚫고

6시 방향으로 길을 낼 수 있을까

피를 뱉어내는 귀는 온순하다

귓속이 부글부글 끓고 있지만

하나도 뜨겁지 않을 거예요

엄마, 아프면 얘기해요

아빠도 순서를 기다리고 계세요

당일 밥값도 못 버는 아버지의 온전한 부위들

염증의 노동과 무기력한 상상으로

내 방 벽에서 염증 수치가 오르고

병원체가 서식하는 밤

고단한 세포들과 병원체가

엄마와 아버지의

보호 수치를 갉아먹는 중이다

직전

직전을 믿는 것이다
직전이란 끝까지 밀고 온 구석 같은 것
달아오른 혓바닥에서 뚝뚝 떨어지는
자포자기는 사람에게서 배운 것이 아니다
사람은 무서운 문이었으며
구부려 잠근 철사 줄이었다
아무래도 너무 환한 구석이다
건너편 묘목시장엔 싹눈들이
봄의 입구를 찾아 더듬거릴 것이지만
어느 눈 속으로도 숨을 곳이 없는 불안
끓어 넘치기 직전의 밥솥이
빼꼼 열린 뚜껑 사이로 잠잠해지듯
직전이란 미루고 미룬 끝의 꼬리처럼 온순하다
철사 줄이 풀어질 때
잠금과 열림이 한 모양으로 굳어갈 때
어떤 식물은 제 뿌리를 잡고 완강하게
버티고 있을지 모르지만

직전의 이빨들은 여전히 온순하다

그동안 너무 환한 곳에 숨어 있었다

숨지도 달아나지도 못하는

한곳에 평생 묶이는 나무들처럼

발톱들은 직전 앞에서 뿌리 내리려 안간힘을 쓴다

철사 줄이 풀리는지 꼬이는지

온순한 넝쿨처럼 방향을 틀며 열릴 때

문밖으로 끌려 나오며

직전을 믿는 귀와

꼬리가 한껏 뒤쪽으로 쏠린다

장발

내가 장발이었을 때
모자장수들과의 불화가 있었다
모자는 적도의 지붕들처럼 계급장이 붙어 있었다
고리에 걸린 각각의 머리들과 흥정을 하고
모자장수들은 고개를 흔들다
밀쳐내곤 했다

모자들은 구름 섞인 하늘처럼 물이 빠졌다

처음 죄가 생기고 그 다음으로
일 인용 모자가 생겼다
모자는 헌법에 순응하기도 저항하기도 했는데
어쨌든 모자는 죄인을 가두는 데 탁월한 건평률을
자랑했다

장발들이 모자 돌려쓰기를 반복했다

모자는 일직선을 발명했다

마방진 규칙 아래의

대칭이란 대칭은 모두 모아

어느 방향에서도 동일한 기준점을 만들어냈다

장발은 불온서적처럼

눈에 안 보이는 시간에만 자랐다

중력 방식으로 계산하자면 머리카락은 가장 무겁다

12만 올의 머리카락이 엉키지 않는 것은

새떼들처럼 각자의 날개로 날고 있기 때문이다

웅덩이에서 부화된 새들과

모자 위에 태어난 새들은 계급이 같아서

적도의 몇몇 나라들은 장발의 머리를 지향하고

모자장수의 흥정을 거절하고,

나를 앞지를 수 있는 것은

장발뿐이다, 라고 공언한다

골상학
―테라코테

호두 꽃이 호두 속으로 들어갔다

꽃의 골상학

여물기 전의 호두에는 뼈가 없었다 벌어지지 않은 좁은 입술 사이로 쑤셔 넣은 나무의 창자들이 엉켜 생각한다 도란형의 뒤돌아 누운 호두 진흙의 껍질 속으로 구겨지고 있었다

신은 뼈를 추론하는 존재가 아니다
뼈저리다는 말
뼈가 아프다는 말
이건 신이 준 감정들이 아니다

인간이 갖지 못한 신의 영역과 신이 갖지 못한 인간의 영역 사이에 뼈가 자라는 중이다

호두는 뼈를 바깥도 안쪽도 아닌 중간쯤에 둔다

양쪽의 감옥 같은 것일까
생각이 많은 견과류에서 승려들 격쟁이 딱딱해진다

파옥(破獄), 호두를 깨
고소한 인간의 영역을 빼 먹었다

지루한 의자

추도사와 축사엔
결연을 맺은 의자들이 있다
정렬된 시간들이란
지루함의 방식
죽은 사람은 한 명이지만
추모객들 사이를 뛰어다니는 동명의 망자들
언필칭,
즐거움은 자꾸 웃음을 뒤틀고
발을 까닥거리고
다리를 포개게 한다

성명서 끝, 박수소리로
지루함의 좌우대칭을 가늠한다
곳곳의 비어 있는 의자를 관찰하다 보면
어떤 단위도 의자의 협력 없이는
정관과 회칙을 갖출 수 없다는 것을 알 수 있다

달리고, 우산을 쓰고
주말을 집결시키는 지루한 의자들
기울고 늘어진 의자들
다량의 의자를 빌미로 행해지는
이타적인 집결들
양도할 수 없는 양보가 가능한
꾸벅꾸벅 졸거나 하품하는
왕복하는 의자들

교차

이른 출근길에 본 발자국 하나

푹푹 빠지는 무게를 달고

집으로 돌아오는 듯

돌아온 듯

나가는 내 발자국과 엇갈린

격자무늬 한 겹으로 선명하던 그 발자국

마치 이 골목에도 눈을 밟고

밤을 새운 귀가가 살고 있었다는 듯

골목 안으로 사라진 발자국

아직 쌓이지 않은 눈과

이제 막 내리기 시작한 눈의 무게에

내 걸음걸이와 만나고 있다

지구는 자신의 생에서

단 한 번도 느려지거나 빨라지지 않았는데

낮은 왜 그토록 속도가 빨라졌을까

심지어 모자란 속도를 밤까지 야근 시켜야 하나

자정의 지하철은 정규직이고
새벽의 첫 버스는 비정규직이었나

입김들이 승차를 교대하고
새벽의 퇴근과 새벽의 출근이 교대를 한다
인간이 인간을 교대하는 것이 아니라
기계가 기계를 교대하듯
밤과 낮이 하나의 노동을 교대해야 하나

차창의 밖은 가로등과 전조등이
김밥과 가판으로 교대 중이었다
나는 그와 발자국을 교대하듯
지구의 교육을 받은 방식으로 성실하게
교차하고 있었다

70kg

어느 날,
누군가 나에게 70kg을 보관했다

나는, 뺄 방법도
나누어 보관할 방법도 찾지 못해
몸에 가두어 보관하기로 했다
그날부터였을까
무게는 구르면 늘어나고 멈추면 부풀기 시작했다

아이도, 가구도, 생필품에도
생계유지에는 지켜야 할 규율이 많다
현실의 질량이 혹독한 장소에 가꾸어야 할 방법들
우선 70kg의 속도로 걷는 예시
10kg의 두 팔로 중량 이상의 박스를 날랐다
조금씩 최저유지비가 붙는 근육들
두 다리로 거리 이상의 마라톤을 시작하고
몸의 일부에서 조금 떼어낸 씨앗들을

화분에 심었다

계량기 앞에서 100g도 안 되는 눈금들이
눈치를 보는 저녁

오늘 밤은 화분에 물을 주어야지
미약하게 부풀어 오르는
체중들이 푸릇한 식감으로 바뀐 울음소리
맛이 요긴하다

더 이상 줄일 수 없는 체중에
늘릴 수 없는 자정은 거울 속 알몸으로
거울 밖을 내다보고 있다

죽음은 사각

구석에 매달린 조화가
수군거리는 한 지붕 아래로 여러 방들이
방마다 문을 잠갔습니다
뿌옇게 눈 내린 아랫길 사이로
검은 나비 여러 무리가 몰려다녔습니다
생전에 던져놓은 몇 마디 말
바람을 타는 몸들이 가득했고
공중에 뿌려진 그을음
이번만큼은 조용하게 빠져나갔습니다
향의 끝자락이 타오르는 동안
모두 무겁게 떨어질 생각 없고
뼈의 끝에는 사각형들이
기다리고 있었습니다
정확한 크기와 일정한 구석 속으로
축소되는 사각의 뼈들
여섯 개 사각, 한 개의 방에
달아놓은 봉안된 말

동산에 올라 생일을 찾을 땐

조용히 두리번거리는 방법을 배웠습니다

꽃구경 가는 길목에 떠오르는

사각의 후생들

분서갱유

매캐한 연기가
옆집과 옆집을 건너왔다
어디, 불을 품은 철없는 집이라도 있을까
들뜨는 집의 옆구리라도 있을까 싶어
찾아간 곳에서 팔십의 노인이
책을 태우고 있었다
어둑한 책을
환한 불길 속으로 던져 넣고 있었다
무슨 책들이냐고 물으니
작년에 세상 뜬 아들의 책이라고
아들이 읽고 죽은 텅 빈 책들이라고
주인이 죽고 주인 없는 책들이라고 했다

돌기들의 일정한 묵언의 책
점자들의 나열을 펼쳐놓을 수 없지만
책 속에서 매웠던 눈이 뛰쳐나왔다
죽은 책들은 그 연기가 맵다

환한 불길이 저희들끼리 어울려

마지막으로 돌려보는 책의 낱장들

의미와 뜻이 다 빠져나간

말의 잡티들이 출근하려는 내 차의 앞 유리에

까맣게 식자되어 있었다

유리에 묻은 불의 점자들

입김을 불어 잡티를 빼내던

어떤 눈이 생각났다

고무찰흙에 관한 고찰

고무찰흙은 어느 손에나 잘 맞아
특별한 형체 없이도 꽉 쥔 손자국만으로도
고무찰흙은 가설을 성립한다

힘껏 쥐어졌던 모양
계급이 낮은 신분 같은

어린 신분으로 주무른
작은 명사들
그래도 그땐 주물럭거리면 무엇이든 생겨났으니까
개와 손바닥만 한 똥 무더기들 그리고 또,
야단치는 일이 없는 뒤죽박죽들

유연한 세계에도 소외된 규칙이 있다
직선을 찾다 찾다 못 찾고 대신 찾아낸 곡선과
난데없이 나타난 삼각형들
동그라미는 우연으로라도 생겨나지 않았지만

태초의 진흙보다 더 전지전능한

번갈아 만져도 한 줌인
고무찰흙

죽음 속에서 태어난 초상화처럼
동그란 맨홀 속으로 빠진 싫증들처럼
엉켜 있던 모형들이
다시 동그라미로 돌아온다

우는 서랍

내가 사춘기 때쯤
우는 서랍을 갖고 있었다

아니, 서랍이 나의 대부분을 갖고 있었다

밀어 넣을 때나 아니지,
닫을 때나 열 때에도 꼭 어딘가 한 곳쯤에서
걸리거나 덜컥덜컥 울었다
그래도 끝까지 밀어 넣을 수 있는 유일한 시기의
끝까지 열 수 있었던 유일한 물건이었다

누군가 우는 일은 비밀이 넘치는 일이라고 귀띔해
주었지만
그쯤에서 네모의 비밀을 갖고 있는 일은 또 흔한 일
이었다

손잡이가 잠긴 비밀은

꼭 누군가 열어보고 말 것이라는 것을

그때는 왜 몰랐을까

걱정이 가득 찬 서랍은 잘 열리지 않았고

들켜야 되는 일은 너무 쉽게 열리곤 하던 서랍

내가 내 방을 졸업할 즈음엔

잉크가 번진 일기장들이 쌓였다

이름만 남아 있는 학생증과 비공개 처리된 날짜

지난 편지들이 울기 시작하고

뿌리만 남은 서랍에

휘청거리는 손잡이 하나가 도망치고 있었다

질풍노도를 울컥이며 뛰는 서랍들

가끔 이곳에 있는 자신을

힐끔거릴 때가 있다

발골

인력사무소 앞 드럼통 화덕엔
폐목이 활활 타오르고 있다
모닥불이 어둑한 새벽을 뜯어먹고 있다
겨울 막바지라지만 각자의 기후로 모여든
익숙한 말투들과 어눌한 말투들은 오늘 하루를
함께 나누어 먹을 사이들이다
호명을 따라 곳곳으로 불려간 사람들
붙이거나 헐어내는 일을 하겠지만
거대한 하루 추위에 드릴을 뚫고
공중에 그 뼈를 박아 넣는 일들을 할 것이다
그렇게 조금씩 발라내어 먹는
일용할 일당들,
뜯어 먹을수록 점점 살이 오르는 노동엔
화력 좋은 모닥불 하나씩
지펴져 있을 것이다

김 씨와 장 씨는 서로 다른 역할로 불려 갔다

카자흐스탄에서 왔다는 친구만 저만치 열외되었는데
지구가 발라놓은 노동의 분류엔
각각 환율이 달랐다
트럭들이 줄지어 들어왔다
저 자리에 있던 풀꽃과 잡초 따위
재개발 추진으로 조합으로 묶였던 자리였지만
지금은 계절의 일부로 환원되었다

지금쯤 인력사무소 마당엔
새벽의 어둑함을 발굴하던 모닥불이
시나브로 식어갈 것이다

조금씩 사라지는 아버지

지구가 마침표 하나로 웅크리고
무게만 질량만 남아 있다

아버지
새끼발가락 하나가 사라지고
다시,
엄지발가락 하나가 웅크리는 중이다

중앙아메리카 어딘가 멈추지 않는 용암이 끓고 있
다 들었다 용암은 부글거리며 지구의 중력을 태우는
중이고 초식과 육식의 나이를 저장하고 있는 중이다

알코올을 부으면 아버지의 발이 부글부글 뛴다
아니, 종종거린다
아버지는 이 별에 맞지 않는 사람이었다
현관문의 높이는 낮았고 신발의 크기는 너무나 작
았으며

아버지의 시간은 언제나 빈곤했다

배급할 수 없는 아버지와

배당을 나눌 수 없는 가족 관계 증명서

가족은 하나였지만 언어는 하나가 될 수 없었다

어느 날 점 하나에 몸을 웅크리듯

불같은 성격이 식어가고

걸음의 보폭이 조금씩 사라지는 아버지

"놔둬."

세상에서 행복을 꿈꾸는 가장 어려운 단어

진화를 꿈꾸기 위해 태반을 걸어 들어간 아버지는

공간을 질량으로 채우는 말을 하고 압축되어 있었다

빛의 거리를 한 점 소등하는 밤

오늘 밤 아버지가 무사히 잠드셨다

아버지의 냄새가 다음 발가락으로 넘어가고 있는

중이다

운석이 비껴간 날

운석이 비껴간 날
유독 많은 일들이 비껴갔다

거미줄 같던 위성의 궤도 사이로 위내시경 속 붉은
행성이 발견되고 흐릿한 혐의점들이 감시카메라를 지
나쳤다 블랙박스는 횡단보도를 비껴가고 엄마는 늘
다급한 연락들에서 두절되었다. 아버지의 오른발을
스쳐 지나간 행성은 어떤 부류였을까, 심드렁하게 밟
아대는 아버지의 가속과 감속엔 새끼발가락이 없다

팽창으로 멀어지는 것이 가족이라고, 서로 점점 작
아지면서 멀어진 일이 없었다면 아랫집도 윗집도 혹
은 건너편 집도 없었을 것이라고 생각하는 사이, 뒤뚱
거리는 아홉 개 혹은 일곱 개의 발가락으로 아버지는
멀어지는 중일까 아니면 가까워지는 중일까

모두가 부딪힐 뻔한 일이 일어나지 않아서 모두가

안도한 날, 근접한 사물들의 주위는 죄다 우그러져 있
었다

역도

양쪽의 무게
딱 그 중간을 잰다

몇 번의 호흡 중에서
가장 힘이 센 호흡을 찾아내고는
뚝, 숨을 자른다

들어 올린 무게를 양팔 위에 두고
몸은 고정 속으로 숨을 한다
바들바들 중력을 꽃피운다
중력과 중력 사이의 솟구치는 팽창 속에서
한계점을 채집하고 발화하는 것
붉은 은하의 대청 아래
구부러진 천근을 뿌리 내린다

순간의 위태로움은 뻗어 올린 팔과
손목의 끝이 아니라

기우뚱거리는 공중이다
잠깐의 군림, 허공의 대치된 줄다리기
위도 아래도 응원하지 않는 게임

바벨의 수평에 숨어 빈틈을 찾는 균형
그 균형의 끝에 위치된 한계점이
쿵, 하고 놓여질 때
저 무게란 울퉁불퉁 제멋대로인
모과들의 가지 끝처럼
어떤 불순도 섞이지 않은
농익은 무게인 것이다

제3부

양피지

모든 문서에는
창자의 냄새가 난다

의도가 탈피를 위장하고 있다
들판에 흘려놓은 식이섬유가 풍부한 오타들
또 구겨진 파본들
셀 수 없는 되새김질들이 쓸고 간 새벽
언젠가 뜯어 먹은
귀퉁이가 살짝 접힌 풀밭
낱장마다 밟고 뛴 발자국이
목초지의 목책을 뛰어넘고 있다
가름끈을 사이에 두고
읽히지 않는 울타리 앞에
마침표를 찾아 뒹구는 앞발
콧김을 뿜으며 잃어버린 받침을 찾는다

곱슬거리는 표지엔

구름의 표현방식

한 컵 커피를 쏟았을 때

하늘은 어두워지며 비가 흩뿌려진다

흰 얼룩, 한 마리 흰 얼룩, 백 마리 흰 얼룩

구름이 걷힌 얼룩이 글자 속에 스며들고

제목을 인도한다

잊어버린 받침은

붉은 뿔로 밑줄을 넣어놓았다

신이 잃어버린 한 마리 양은

메에 메에 울며 헤매는

한 권의 구약(舊約)

양에게 물어보세요

양은 곱하기와 나눗셈으로
매에 매에 운다
양 한 마리 속에는
열 개의 침대를 만들 수 있는 스프링이 있고
꽉꽉 채워 넣은 울음이 꼬불꼬불하다
양은 네 개의 다리로
잠의 질량을 재기도 한다

양의 뿔을 앞세워 잠의 초지를 찾아 나서면
분리되지 않는 소수의 근원지처럼
양은, 소수점으로 잠이 든다
그러니까, 양의 우리는 최초의 교실이다
숫자와 불면을 가르치고
시간이 남으면
구름의 형질변형을 가르쳤다

그러니까, 풀밭의 미래와 카펫의 무늬 직조 술은

양에게 물어보세요
풀밭은 덧셈과 나눗셈을 탄생시킨 주인공
밤하늘의 별자리도 양에게 물어본다면
양 뿔 모양의 빛으로
계절의 길잡이가 된다 하네요

그러니까,
그러니까,

무리에서 떨어지지 않는 짝수법과
구름이 되는 홀수법을 배우면
아흔아홉 마리까지 다다른
잠의 목전에 도착한다 하네요

웅덩이가 지구의 각도로 돌고 있다

지구는 여러 개의

각각 다른 시간을 갖고 있다

웅덩이에 귀를 대면

째깍째깍 시계소리가 들린다

웅덩이 위의 원점에 돌 하나 던지고

그 파문을 붙잡아놓고 시간을 지칭했다

출렁거리는 웅덩이들의 규칙

천칭 위의 지구는

각각 다른 시간의 국경을 여럿 갖고 있다

팔레스타인에서 베어 먹었던 사과와

서울의 어느 과일가게에서 먹었던 사과 사이엔

파랑과 빨강의 시차 또는

떨떠름한 시차와 시차의 맛이 났다

계절들은 눈과 비를 품었고 그때도 사과 속에서는

째깍째깍 시계소리가 났다

묶여 있는 웅덩이에 비춰진 골목마다

문들을 두들기고 우산들을 펼쳐졌다

웅덩이는 미세한 파동으로 수평선을 키우고 있다

이곳은 분명 다른 지평선으로 통하는 출입구여서

낮은 초원지대가 나타날지도 모른다

방향이 다른 바람과 숨어 있던 순풍을 타고

국경들이 나열되고 만들어졌다

웅덩이들끼리의 대화 속에는

시차들이 가라앉아 있었다

다른 지구의 시차가 다른 사람을 만들었다

그러므로 모든 시차는 언어가 다르다

회피

빼꼼 내민 거북의 얼굴을
톡, 건드렸더니 쏙,
저의 얼굴을 저의 몸속으로 넣었다

얼굴을 몸속으로 넣을 수 있다니 몸속에 얼굴 하나
넣어둘 그런 공간이 있다니, 얼굴 하나 숨길 곳 없어
저 회피가 너무 마음에 든다

회피 속으로 숨은 거북의 얼굴, 저의 얼굴이 부끄러
움을 알아차리기 전 등딱지와 배딱지 사이 숨는 인간
에게 얼굴은 영원한 밖이다 늘 두리번거려야 하는 타
지다

밖에서 울고 밖에서 웃는다

회피할 수 있는 구석 한 곳 없는, 밖으로 교류하는
얼굴이 제각각일 때 변명은 어디서나 몸을 숨기기에

는 가장 좋은 곳이다 얼굴의 밖에서는 동정과 비난도
모두 좋았다 그렇게 한참 동안 넣고 있던 거북의 얼굴
이 몸 밖으로 나올 때 얼굴 하나만큼의 몸속은 비어
있을 것이다

아, 또 저렇게 실질을 비우고 있다

주사위 놀이

공중과 하는 게임,
짧은 공중은 어떻게 빨리 숫자들을 섞을까

삼촌은 주사위에 침묵을 섞는 것이라 했다. 필라멘
트 사슬에 묶인 달빛 아래 숫자들이 공중 위로 솟구칠
땐, 공중의 침묵이 섞는 것이라 했다.

주사위 면에는 동그란 점,
동그란 것들은 공중에서 떨어진다
사과나무는 저희들끼리 사과 섞기를 하고
꽃을 주고받다 놓치기도 한다

삼촌이 동그란 숫자를 섞을 때
공중은 네모와 동그라미의 숫자 모양을
구별하는 듯했다

누가 사과나무를 던졌을까 늙수구레한 영감이 한

밤 할멈의 눈을 피해 사과나무를 흔들어 사과 섞는 것
을 본 적이 있다

　사과나무는 사과를 섞는 방법을 모르고
　공중의 도움을 빌려
　꽃만 주고받다 빨간 사과의 철을 놓치는 것이다

　숫자는 땅에 떨어져야 겨룰 수 있다
　공중은 문맹이어서 숫자를 모르지만 데굴데굴
　공중게임에서 이긴 것들만이
　땅 위로 떨어진다

종이의 차원

종이 한 장으로
잠잠한 지구가 있다

폐지들을 모아들여
재생하는 제지공장 주변 공중엔
하루 종일 뿌연 글자들이 떠다닌다
탈색을 끝낸 글자들은
유령들의 전용서적이나
급박한 기압골 표시용으로 사용될 것이다
나무들의 천형이 판서된 책을 읽은 적이 있다
벌레들이 꾸물거리는 책의 내용
종이에 찍힌 잉크냄새를 갉아먹으며
죽은 종이의 역행에 오를 때,
낱장들은 제본을 찢고 날아가는 꿈을 꿀 때
아무리 날뛰는 종이도
가지런한 밑줄이 새겨지면
글자를 모신다

종이들이 추앙하는 군림

낙관에 점자들로 대화를 나누고 왕국을 세웠다.

대립하는 종이들이 마주하고 겹겹이 묶일 때,

이를테면 종이의 뒷모습은

바다와 항구가 있는 달의 뒤편 같아

구겨진 종이는

의문의 뭉치가 된다

서고들에는 쌍방의 서명들이

지구의 안녕을 지키고 있다

협약과 체결을 담고

중립국으로 펄럭이는 하늘

세초(洗草)된 종이로 구름이 지나간다

십자와 일자의 세트

가끔 사람들의 정수리를
눈여겨봅니다
십자 아니면 대부분은
일자의 흔적을 갖고 있으니까요

대륙의 이동은 시계방향과 반대의 방향으로
나사산(螺絲山)의 지각변동 틈에서 시작했습니다
산맥의 허리쯤 도달했을 때
그들은 우선 색상을 나누기로 했죠
흑색과 순백의 사이에서 언어를 나누고
해안선의 앞에서 계절을 나누고
음식을 나누다 문화를 갈라섰죠

그리고 오른쪽으로 잠그고 왼쪽으로 풀었죠
걱정할 일은 아니죠, 다만 뒤틀린 홈을 찾다
오른쪽으로 조여지는 부류와
왼쪽으로 풀어지는 부류가 되었지만

두 개의 드라이버만 있으면
그깟 사람들쯤은 쉽게 열고 닫을 수 있죠

하나의 정수리와 네 곳의 정수리
지구의 곳곳이 사이가 안 좋은 것은
각자에 맞는 쏠림으로
등을 돌린 상태일 뿐이니까요

벌판의 걸음

벌판을 걷는다
벌판에서 넘어지는 일 따위 없겠지만
내 발이 내 발을 거는 일 따위들
가령, 풀꽃들에게 시비당하는 그까짓 일들
아지랑이와 킥킥거리는 실없는 일들
그런 일 참 많다
벌판엔 우산도 없고
지붕 밑 같은 곳은 더더욱 없다
서쪽으로 걸어가면 해 지는 곳이고
동쪽은 엄마들이 기다리는 곳이다
벌판에서 찾아낸 규칙에 의하면
오르막에서 지치고 내리막에서
굴러 넘어진 것들이 모여 펼쳐진 곳이다
보편보다 더 낮은 키를 한 난쟁이들이
베리 종류로 검은 입과 보라의 입술을 나눈다
듬성듬성 솟은 덤불들이
벌판의 별자리가 된다

곳곳에 도망친 흔적으로 벌판은 몰래 움직인다

초속들이 물결치는 곳

초속의 윤슬이 아른거리는 추적들과

도망이 멸종한 곳

낮은 키의 정착을 위해

바람은 가윗날을 자처했다

나는 출렁이지도 않고 울렁거리지도 않는다

벌판에서 걸을 땐 무모하지도 않았고

무력하지 않았으며 흔들리지 않았다

돌들에게 덜컹댈 뿐이고

셀 수 없는 만보기(萬步機)들의 폐허

배회와 서성거림의 극지

손전등을 앞으로 밀어붙이는

이들의 바리게이트 따윈 없는

벌판은 평균치와 공평이 까마득하다

대답들

대답을 모은다

이곳저곳 뒤져 빛나는 대답 찌그러진 대답 시큰둥한 대답 등 가리지 않고 모은다 필터에 여과되지 않는 대답과 가라앉지 못한 대답도 모은다

붉은 대답 하얀 대답 파랗거나 검거나 수집되어진 대답을 선별하고 각각의 대답을 생산별로 분류한다

대답의 근삿값을 탐구하기 위해 근원지를 찾으러 다녔다. 대답의 생산지는 질문 끝이라고 알고 있는 사람들의 착각, 물음표 같은 낚시 바늘 끝에서 까닥까닥 움직이는 더듬이 같은 말, 몇 겹을 펼쳐 보이며 펴는 장미 뚝, 꼬리를 자르는 도마뱀의 구사일생 같은 그런 대답들이 아니고 도형의 대답을 가령, 만능공구 같은 저녁의 스위치 같은 그런 대답들을 모으려는 것이다

진열장 없어도 진열된 대답들

상점을 여는 것이다

비슷한 질문은 어디에 흩뿌려도 다 싹을 틔우거나 퍼즐처럼 들어맞는 대답들이 있다 마스터키 같은 대답들 비집고 들어온 질문들. 질문은 몇 배수가 있다 멸종위기의 대답도 있고 대가 끊긴 매진과 탕진 사이를 서성이는 대답도 있고 넘나드는 대답 사이로 눈금을 매긴 다종의 대답 사이로 숨 쉬고 있는

엄마와 누나와

나라는 대답

큰 걸음들은 다 멸종되었다

개미는 늘 바쁘다

흐린 날 한 뭉치를 길게 풀며 분주하게 가는
저 끝엔 또 어떤 진화가 기다리고 있을까

다족류와 갑각류가 사라지고
설산 중턱에서 발견됐다는 멸종
멸종된 소리를 들어보진 못했지만
멸종이 되었음을 배웠다

그리고 보면 걸음을 걷는 동물들, 매머드라던가 공
룡이라 하는 것들은 너무 큰 보폭으로 멸종되었다 성
큼성큼 뛰어서 겨우 기어가는 개미를 앞지르고 꿈틀
거리는 것들은 뛰어넘으면서 모두 사라졌다

멸종의 보폭을 따라가지 못한 것들은 여전히 잰걸
음으로 멸종 앞으로 기어가거나 꿈틀거리며 굴러가고

있다 그나마 다행인 것은 고래는 걸음을 버렸으므로
바닷속에서 아주 작은 멸치의 조력으로 끝끝내 살아
있다

　멸종의 사정거리
　전쟁의 무리는 집단 보폭으로 한걸음을 걷고
　큰 걸음으로 작은 걸음을 몰아세운다

　풀을 먹기 위해 물을 건너는 초식의 두려움과
　침략을 향해 국경을 넘는 무리들
　가만히 앉아 있으면
　아득히 먼 미래가 언뜻언뜻 보인다

　빛은 가장 빠른 속도지만
　별빛들은 밤에만 움직이는 이유를
　언뜻 알 것도 같다

물 빠진 구멍들이 떠다닌다

별 하나를 오래 바라본 적이 있었다
그때, 내 주머니 속으로 잔영이 숨어들었고,
달빛들이 곳곳의 밤으로
이염(移染)되는 걸 본 적이 있다

풀밭을 걸을 때,
바지 밑단으로 풀색이 따라온 것도
그때의 일일 것이다

옛날, 아직 답장을 못한 파란색 볼펜으로 쓰인 편지
에 물들 뒷장을 발견하였다 오타들이 밑줄을 타고 하
늘을 날고 있었다

집으로 걸어가는 길목
빨간 글자들이 물들기 시작했다
저녁의 무렵들이란 별빛을 교육받았겠지만
전등들은 스위치를 갖고 있다

손가락 지문이 저녁으로 번져가다
가로등처럼 꾹 찍히는 걸 본다

개 짖는 소리들
철문의 안쪽들

창문들은 밥 냄새로 물든다
낱장의 종이에 글자들 숨어 있고
웅크린 것들이 구석구석으로 돌아다녔다

말의 칼로리

말에도 칼로리가 있다

어떤 말은 복부에 걸려 팽만하고 또 어떤 말은 심장
근처에서 공복처럼 허전하다

말의 제조는 적재적소, 타인의 지적이란 헐어버린
나의 옆쪽이나 앞쪽이다 아주 쓴맛의 말은 한 며칠 동
안의 식음전폐, 취중에 들었던 어떤 말은 아직도 깨지
않고 울렁거린다

한밤 공원에 나와
말의 칼로리를 뺀다

슉, 슉, 이것은 입으로 내는 소리가 아닙니다

헐떡이는 숨으로 빼내는
말의 자세들입니다

귀는 양쪽으로 칼로리를 퍼먹는다 자극적인 말을
먹을 때엔 달팽이관이 더부룩하다 눈으로 녹여 먹는
방법을 배워야겠다

조미료가 듬뿍 쳐진 말엔 희석되지 않는 모음과 자
음의 칼로리가 솔깃한 귓속 구석구석 박힌다

칼로리는 쓰거나 달다
영점을 잊은, 침묵하는 체중계를 사야겠습니다

제례악(祭禮樂)

범칭(泛稱)

울음이란 두루 쓰이는 이름이다

7년 동안 울음을 모았을 것이다

엄지벌레로 나무들의 반짝이는 음계를 배불리 먹었

을 것이다

악기는 막질날개 한 벌

누군가 나무를 끄면 악기는

이 나무에서 저 나무로 옮겨 간다

천신(天神) 인신(人神) 지신(地神) 제향(祭香)

초록의 위폐를 나무가득 모셔놓고

삼칠일,

자신의 죽음을 스스로 연주한다

도깨비불 사이로, 분향의 냄새 사이로, 행인들 사이

로 악기를 정비한다 염습의 시간부터 초가 꺼지는 시

간까지 소리를 먹고 자라는 향들이 뚝뚝 끊어내는 박
자로 끄덕이는 고개에 리듬을 씌운다

  진동막 연주란 공중과 공중을 접었다 펴는, 공기를
구기고 펴는 주법이다 종을 거쳐 나오는 연주는 모든
변태를 마치는 악기로 음악의 시작을 알릴 때

  팔월, 나무들마다 제례악 장엄(莊嚴)이다
  7년을 읍소하는,
  부르르 떠는 난동

파랑은 다 땅속의 소란이죠

파랑은 다 흙속의 소란이죠

일일이 설명하지 않아도

파랑에 대해선 무신경

꽃의 다음이라는 것과

그늘의 배후라는 것

더 깊은 땅속을 파면

뜨거운 파랑

몇억 년은 참고 있던 파랑의 파랑

파랑이 다스리는 국가엔

우주에서 심어다 놓은 별자리들도 많죠

묶어놓은 은하도

폭발 직전의 행성들도 모두 모여 있지요

파랑의 문화엔

떠도는 항성들이 없다죠

파랑의 깊숙한 곳을 흘러내리는 계곡은

소란을 뒤집어놓은 최초의 시작점이죠

파랑은 모자처럼 왕관처럼 꽃을 쓰죠

다 죽은 자들의 왕이지요

파랑은 그래서 일 년을 꼬박 견디지 않죠

귀신들 중에선 그래서

남방과 북방으로 종류를 나누지요

빗소리를 헤치고 다닌 귀신과

잎이 다 진 쓸쓸한 나뭇가지를

헤치고 다니는 귀신이 있듯이 말이죠

파랑은 무리를 지어 다니다

춤추고 흔들리고 피고 꺼지죠

넝쿨의 시절과 철조망의 시절

나는 이 뾰족하고 높은 넝쿨 위에
나비가 앉는 것도 보았고 잠자리가 앉는 것도 보았다
가축들은 그곳에다 목화솜 같은 털을 묻혀놓고
때로 그 속에서 까만 씨앗 몇 개가
떨어지는 것도 보았다
씨앗들은 뿌리의 표본이다
포르말린 병에 뿌리를 넣고 있는 식물들
그물망처럼 엉킨 곳마다
낙오한 바람의 매듭이 채집되어 있다

넝쿨과 철조망,
철조망은 그 성격이 온순하고
넝쿨은 구석처럼 번잡스럽다
넝쿨을 지나 철조망의 시절
지금도 헷갈리는 것은 철조망 밖에 서 있는지
안에 서 있는지 모르겠다
곰도 인간이 되었다는데 철조망은

몇 백 년 흐른 뒤에는 꽃피우는 넝쿨이 될 수 있을까
뜯어 먹을 수 있는 것과
먹어서는 안 되는 것들을 구별하는 학습
이 마을에 아주 넓고 높은 철망이 세워진 뒤로는
식물들의 안색이 바뀌었다
그때부터 안과 밖을 구별하는 학습
살아서 이 철조망을 들어왔으므로
살아서 나갈 일은 없다

태풍이 불고 무너지는 것들은
질서가 있는 구조물이었다
넝쿨들은 대책 없는 질문을 받고 묵묵한 대답을
준비중인 것처럼 보이지만
딱, 한 해만 엉키면 끝이 나는 해답의 끝에
녹스는 장식이 아름답다

세계 그늘에 가닿을 소리를 오려

성현아 (문학평론가)

　김철의 시는 언어를 들추어 그 안에 숨은 뜻이 아
닌, 숨은 세계를 꺼내어 놓는다. 언어라는 부실한 장
막 뒤에 숨어 있던 광활한 바깥을 시에 들이자 시는
이내 범람하여 어디가 안이고 밖인지 구분할 수 없게
된다. 안과 밖, 그 경계에 관해 사유하는 시는 많다.
그러나 김철은 안에서의 바깥, 밖에서의 내부를 여러
방식으로 고안해본다는 점에서 독특하다. 그는 물고
기의 '부레'를 공간으로 사유해본다. 시인은, "부레"가
물 바깥의 공기를 지니고 있으나 그것이 속한 물고기
의 몸은 물속에 있으므로, "물속의 물 밖"(「막막한 숨」)
이 된다는 점을 포착한다. 시는 이같이 모순적인 장소

성에 주목하게 만들며, 이를 '축구공'이라는 익숙한 운동기구와도 연결 짓는다. 축구공은 "빵빵한 공기"로 채워져 있으면서 외부의 공기에는 "동그란 저항"(『규칙』)을 가진다. 공기를 둘러싼 가죽으로 인해 임의적 경계를 갖는, 바깥을 품은 내부인 셈이다. 이러한 사유는 "거북의 얼굴"(『회피』)로도 옮아간다. 거북은 등딱지 속으로 얼굴을 넣었다가 뺄 수 있는데, 이때 등딱지는 얼굴을 숨길 공간이 되기에 얼굴의 외부이기도 하지만, 외부로부터 얼굴을 보호하며 얼굴과 연결된, 거북을 이루는 요소라는 점에서 내부이기도 하다. 그는 상상력을 동원하여 '발자국'에서도 이 역설적인 공간을 찾아낸다. '발자국'은 누군가의 흔적이라는 점에서 그 누군가에게 속한다. 그러나 그 누군가와 이미 멀어진, 그가 머물렀던 공간에만 남은 것이므로, 누군가의 바깥에 존재한다. 김철은 「지혜」에서 짐승을 쫓는 사냥꾼이 "짐승들의 발자국을 구워 먹기도 한다"며, 그 흔적을 미각화할 수 있는 대상으로 그린다. 이는 동물의 속성을 담았으나 이미 동물의 바깥으로 배출된 발자국이 내부와 외부를 포괄한다는 점을 부각한다. 그가 만들어내는 독특한 공간들은 그것을 가르는 상상된 막이자 허구의 겹들에 주목하게 함으로써, 가려졌던 세계를 부풀게 한다. 넘치고 쏟아질 수 있을, 거대한 잠재력을 지닌 세계들은 읽는 이들의 마음 속에 자리를 잡고 팽창하게 된다.

시는 본디 전위적인 장르이기에 세상의 균열을 들여다보고, 가시화하는 데 앞장선다. 그러나 김철의 시는 틈의 세계들을 지뢰로 만들어 곳곳에 심어두고, 열렬히 다가서서 어루만지며, 그것을 터뜨려 혼란을 야기하려 한다는 점에서 차별화된다. 김철은 그 일이 시인의 사명이라는 듯이, 필사적으로 그렇게 한다. 나름대로 질서정연한 이 세계에 왜 터져 나오는 다른 세계를 들이려고 하는 것일까? 기존의 질서이자 규칙이 도무지 납득할 수 없는 것들이기 때문이다.

내가 수습딱지를 지나 대리를 달고
다시 과장 대우가 되는 동안 내가 아는 그는
가장 높은 인간이었다
심지어 그는 몇 년 동안 한 번도
그 높은 곳에서 내려온 적이 없었다

그랬던 그가 드디어 그 높은 곳에서

낮은 곳으로 임하듯 내려왔다

무중력으로 가득한 평지,

내려오는 과정에 받은 환영이라면 수건 한 장이 전부였다

처음 평지인간이 된 것처럼 며칠간은 어지러웠다는 그

이 땅의 땅은 세상 어느 곳보다 높고 비싸서

누구든 휘청거리지 않는 사람이 없다는 것을 새삼 느꼈
다고 했다

알고 보면 그는 아주 높은 사람으로 몇 년을 사는 동안

사실은 가장 낮은 인간이었다

(중략)

저 높은 고공보다 더 높은 곳은 없다

평지인간 중엔 그가 고공인간으로 있는 동안

그가 있던 고공보다 더 높은 인간이 된 사람들이 수두
룩하다

가장 높은 것들은 가장 낮은 곳에서

거만한 행세를 하고 있었다

(중략)

계절이 그만 남겨놓고 진급을 하고 있는 중이다

— 「평지인간과 높이의 인간」 부분

　화자는 자신이 아는 "가장 높은 인간"인 "그"에 관
해 이야기한다. 그는 "높은 곳"에 머무는 이로, 고층

건물에서 열악한 환경을 견디며 일하는 고공 노동자들과 부당한 노동에 항의하기 위해 고공 농성을 이어나가는 이들을 연상시킨다. "가장 높은" 곳에 있었던 것이 무색하게, 그는 이 땅에 내려오자, 중심조차 제대로 잡지 못할 만큼 휘청거리게 된다. "이 땅의 땅"이 "세상 어느 곳보다 높고 비싸"기 때문이다. 비로소 "아주 높은 사람"으로 살던 그가 실은 "가장 낮은 인간"이었음이 밝혀진다. 이때 두 높이는 각각 다른 의미를 지닌다. 전자의 높이가 물리적 높이였다면, 후자는 사회적인 지위나 위계를 가리킨다. 다소 단순하고 직설적이기에 죽은 비유처럼 느껴지기도 하는 이원화된 높이에 관한 서술은 "평지인간"과 "고공인간"이라는 구분을 통해 새로움을 얻는다. "고공"이라는 소외되고 분리된 공간에 머무는 동안 그는 "평지인간"들의 높이 쟁탈전에서 완전히 제외된다. 누구나 평등하게 누리는 듯 느껴지는 "계절"조차 "그만 남겨놓고 진급"한다는 마지막 구절은, "수습딱지를 지나 대리를 달고/다시 과장 대우가 되는", 오래 일하며 직급이 바뀌어가는 '나'와 달리 시간의 흐름에서도 배제되어 수당이 영원히 오르지 않는 노동자들을 떠올리게 한다.

시는 이 질서정연해 보이는 세계가 특정 집단에게만 유리한 불공정한 규칙에 의해 운용되는 세계임을 적나라하게 드러낸다. 우습게도 이 세계의 규칙은 이 세계를 살아가는, 실질적으로 규칙을 필요로 하며 그 규칙을 따르고 수호하는 이들의 정서에 반한다. 대부분, 규칙이란 삶 속에서 필요해지면, 다수의 합의하에 제정되는 것이라고 믿는다. 하지만, 오히려 규칙이 먼저 생겨난 이후에 끊임없이 실생활에 적용되면서 그 정당성을 얻게 되는 경우가 허다하다. 시집에 묶인 시는 아니지만, 김철의 또 다른 시「노동」에는, 불합리한 규칙이 생겨나는 기막힌 광경이 잘 드러나 있다.

어느 날 이상한 수레바퀴 자국이
진흙길에서 발견되었다

주변에선 폐기된 휴식과
벨트가 끊어진 근로들이 가득했고
걷히는 중인지 덮이는 중인지 모를 그을음이
또 저녁인지 새벽인지 모르게 들어차고 있었다
일정한 간격을 두고 끊어진 자국과
연속적으로 이어진 자국을 두고

이론가와 현장 노동자들이 의견을 달리했다

수레는 어디로 갔을까
자국의 깊이로 고단함을 측정했고
너비로 생계를 분류했다
바퀴들은 대부분 자국으로 고장났다
그러니 자국을 고쳐야 한다는 이론가와
바퀴를 고쳐야 한다는 현장 노동자의 주장 중
어느 것이 더 합당한 것인가

자본가는 말했다
그 수레를 끈 존재가 짐승이냐 사람이냐를 정해야 한다고
그렇지만 사람이든 짐승이든 노동에 적합한 존재는 없다
채찍을 하면 더 고장 날 뿐이어서
굳이 고쳐야 할 것을 찾아야 한다면
사람과 짐승이 아니라 채찍을 고쳐야 할 것이다

— 「노동」* 부분

　"이상한 수레바퀴 자국"이 발견되자, 이론가와 현
장 노동자들은 대립한다. 이론가는 바퀴를 고장 내는

* 김철 외 12인, 『몇 세기가 지나도 싱싱했다』, 교유서가, 2022.

"자국을 고쳐야 한다"고 주장하고, 현장 노동자는 "바퀴를 고쳐야 한다"고 반박한다. 자국은 바퀴가 남기는 것이므로, 그것을 고친다는 건 사후 처리와도 같다. 실질적으로 노동에 활용되는, 그러므로 노동자들의 안전을 담보하기 위해 필히 점검되어야 할 수레의 "바퀴"는 개선 대상에서 밀려난다. "폐기된 휴식"과 "벨트가 끊어진 근로들"이 가득 들어찬 세계는 이미 "합당"함과는 거리가 멀다. 이에 더해, "자본가"는 그보다 수레를 끄는 존재가 "짐승이냐 사람이냐"를 정하는 것이 중요하다고 말한다. 짐승인지 사람인지를 분별하고 입증하는 일 또한 우스운 일이겠으나, 그러한 형식적 절차도 없이 그저 이를 '결정'한다. 나아가 그는 "사람과 짐승이 아니라" 이들을 노동에 적합한 존재로 거듭나게 할 "채찍"을 고쳐야 한다고 주장한다. 규칙이란 어떤 논리적 근거도, 합당한 명분도 없이 불규칙적으로 만들어지며, 그 적용을 받는 대상들의 의사와 무관하게 성립됨을 여실히 보여준다. 김철의 시가 계속 말을 들추어 세계를 찾아내는 것도 그 때문이다. 언어 또한 사람들의 규칙이겠으나, 그것을 사용하는 자본가나 이론가들에 의해 선별된 것이며, "그 말을 들추면 하청 노동자의 안전화가 벗겨져 있"(「개선책」)을 것이기 때문이다. 지금의 정돈된 세계는 불규칙하게 적용되는 규칙이 "소외된 규칙"(「고무찰흙에 관한 고찰」)들을 덮고 있는 세계다. 그렇기에 시인은 우리가 살아가는 이 불평등한 세계를 날려버리는 것이 아니라, 그 세계의 규칙과 질서, 언어와 제도가 가리고 있는 다른 세계들을 터뜨려 보여주려 하는 것이다.

흥미로운 점은, 그가 안과 밖을 사유하기 위해 안팎이 얽힌 새로운 공간들을 창출해냈듯, 규칙의 내부와 외부를 성찰하기 위해서, 여러 규칙과 불규칙들을 양산해낸다는 점이다.

곳곳에 굴러가는
공이 있다

어디로 튈지 모르는 네모난 잔디밭에서
숨어 있는 골대를 찾는 일
찾아서 오늘의 숫자를 알려주는 일
그물의 역할에 대해
촘촘한 조언을 하는 일

도망치던 규칙 하나가 하프라인을 넘을 때

휘슬소리가 펄럭거리고 등번호를 제친다

(중략)

저 푸른 잔디 속

숨겨진 규칙들은 미끄럽거나

무럭무럭 자라고

불규칙 사이로 세워지는 규칙들

— 「규칙」부분

    골대에 공을 차 넣는 게 아니라 반대로 "공"이 굴러다니며 "숨어 있는 골대"를 찾아다닌다. "공"은 자신을 담아 가두어야 할 "골대"에게 그 역할을 잘 수행하는 방법을 "조언"하기까지 한다. 김철의 시에서 규칙은, 어디서든 새로이 생겨나는, 또 자유로이 "도망치"기도 하고 "자라"나기도 하는 존재로 재정의 된다. 더불어 "규칙들"을 계속 만들어내어, 단일한 규칙이 있고 그것이 부재한 상태를 "불규칙"이라 일컫는다는 통념을 깬다. 이는 객관의 규칙이라 불러봄직한 세계 앞에 주관의 규칙들을 과잉되게 늘어놓음으로써 "숨겨진 규칙들"이 넘치도록 하는 일이다. 그는 소외된 규칙이 머무는 세계, 계절마저 비껴가는 세계, 말로 다

포착되지 않는 세계를 시에 늘어놓는다.

이때 그는 그러한 세계들을 만지는 매개물로 '소리'를 활용한다.

어쩌다 큰 소리를 하나 받아들고
문래동인가 아니면 불광동인가
어딘가 있다는 큰 가위를 떠올린다
(중략)
재단 앞에 감언이설이나 부드럽고 거칠던 말들을 박음
질 해놓으면 날 올의 음절들이 터져 나오던 때가 있었다
속삭이던 재봉과 이간질하던 가봉 사이 잘못 꿰어진 농담
이란 말이 즐비했다

가위는 가끔 무언극의 재료로 사용되거나
구름을 썰고 비를 내리게 하는데
때론 쉽게 노을이 묻는다는 단점이 있다

반면 소리는 자신을 직접 접을 줄 알아
귓속말이 되기도 한다
그래서 지평선과 수평선의 이음새 어디엔
틀어진 파동처럼 큰 소리와 작은 소리가 섞이기도 한다

잘라진 말과 부서진 말들이
가위의 날처럼 날카롭던 궤도
소리를 잘라두면 흐느낌이나 잔망스런 웃음을
웃을 때 유용하겠지
권유나 모욕적인 말은 구겨서 표정을 숨기고
채우지 못한 귓바퀴를 창가에 걸어두지

가위를 수소문해야 해
그렇지 않으면 이날의 악몽처럼
이 넓은 소리를 덮거나
흥겨운 행사를 찾아다녀야겠지

　　　　　　　　　　—「소리를 자르는 일」부분

　"큰 소리"를 받아 든 화자는 이를 자를 "가위"를 필
요로 한다. 소리를 자르고 그것을 다른 소리에 "박음
질"할 수 있다는 발상은, 잘리고 재봉 된 소리의 다양
한 모습을 떠올리게 하며 소리를 시각화한다. "잘라진
말과 부서진 말들"은 "흐느낌이나 잔망스런 웃음"으로
활용할 수 있고, 할당량을 채우려 하는 "모욕적인 말"
들에 대항하는 데 쓰일 수 있게 된다. 잘리고 휘고 다
듬어진 소리들은, 새로운 소리들에 꿰매어져 이어질

수 있는 것이다. 김철의 시는 청각의 영역에 그치는 소리를 다른 감각적 이미지로 변용해내며, 그 소리를 더욱 풍부하게 사유할 수 있도록 한다. 시인은 그러한 소리를 활용해, 다른 소리들을 다 덮을 만큼 "넓은 소리", 여러 규칙들을 소외시킬 만큼 거대한 규칙, 말들을 삼킬 만큼 광범위한 말에게 은폐된 세계들로 뻗어 가려 한다.

그런데 왜, 자주 활용되는 '빛'이 아니라 '소리'를 선택했을까? 빛에 그늘이 있듯이, 소리에도 그늘이 있다는 사실은, 비교적 늦게 발견되었다. 인간의 가청 범위가 가시영역보다 훨씬 넓어 들을 수 없는 소리가 있다는 것을 알기 어려웠기 때문이다. 사람의 귀는 16Hz에서 20,000Hz까지 듣는데, 이것은 210, 즉 10옥타브에 이르는 범위라고 한다. 그렇지만 가시광선 영역은 넓게 잡아도 빨간색이 700nm(진동수로 4.3×1014HZ)이고 보라색은 400nm(진동수로 7.5×1014HZ)이기에, 소리로 치면 불과 1옥타브 정도의 좁은 범위에 이를 뿐이다.*

* 구자현, 『소리의 얼굴들』, 경북대학교출판부, 2015, 256쪽.

더불어 소리는 빛에 비해 반사되기 쉽고, 장애물을 만나도 이를 잘 에워 돈다는 이점이 있다. 더 많은 공간으로 가닿을 수 있다는 뜻이다. 소리가 쉬이 굴절되며("자신을 직접 접을 줄 알"며), 어떤 소리에든 잘 섞여 들고, 그에 대한 가청 범위 역시 넓다는 점에서 시인은 이를 활용하려 하는 것으로 보인다.

문제는 소리가 침투력이 강해 숨은 세계들을 발견하는 데 용이한 만큼, 그러한 소리들을 다시 덮거나 흐리기도 쉽다는 점이다. 소리는 잘 회절되기에 더 널리 퍼지고, 더 많은 것들과 얽히며, 빛이 나아가지 못하는 공간까지 넘어 들어간다. 그러나 역으로 그러한 소리의 성질을 악용하여 다른 소리를 덮으려는 움직임도 있다. "개선책"처럼, 수많은 이들이 죽고 나면 "뒤늦"게 들러붙는, 모호하고 추상적인 "면피용"(「개선책」) 약속과 같은 소리는 숱한 폭력과 착취를 가리기도 한다.

이처럼 소리가 지니는 양면성까지 지적하는 김철은, 끝내는 그러한 소리의 가능성을 믿는 듯 보인다. 다만, 다른 소리들을 집어삼키는 소리를 분할하기 위해 "가위를 연마"(「가위의 쓸모」)한다. 그리하여 열심히 자르고 이어 붙인 소리들이 빛이 이르지 못하는 어둠에도 엉켜들도록 만든다. 변화무쌍한 소리를 엮으며 그의 시는 규칙과 불규칙, 내부와 외부, 고공과 평지 사이의 경계 뒤에 은폐된 세계에 닿아 내리라는 의지를 보인다.

그는 이러한 시적 태도를 어디에든 얽혀드는 넝쿨로 형상화해낸다.

넝쿨과 철조망,
철조망은 그 성격이 온순하고
넝쿨은 구석처럼 번잡스럽다
넝쿨을 지나 철조망의 시절
지금도 헷갈리는 것은 철조망 밖에 서 있는지
안에 서 있는지 모르겠다

곰도 인간이 되었다는데 철조망은
몇 백 년 흐른 뒤에는 꽃피우는 넝쿨이 될 수 있을까
(중략) 이 마을에 아주 넓고 높은 철망이 세워진 뒤로는
식물들의 안색이 바뀌었다
그때부터 안과 밖을 구별하는 학습
살아서 이 철조망을 들어왔으므로

살아서 나갈 일은 없다

태풍이 불고 무너지는 것들은
질서가 있는 구조물 이었다
넝쿨들은 대책없는 질문을 받고 묵묵한 대답을
준비중인 것처럼 보이지만
딱, 한 해만 엉키면 끝이 나는 해답의 끝에
녹스는 장식이 아름답다
— 「넝쿨의 시절과 철조망의 시절」 부분

　김철은 "넝쿨을 지나 철조망의 시절"이 도래한 지
금의 세계를 둘러본다. 그러나 그는 낙담하지 않는다.
"곰도 인간이 되었다는데"라며, 단군신화를 선례로 들
어, "철조망"이 "꽃피우는 넝쿨"이 되는 것 또한 가능
하리라는 전망을 어렴풋이 내비칠 뿐이다. 철조망의
시절에는 "안과 밖을 구별하는 학습"을 하게 된다. 철
조망을 기준으로 내부와 외부를 철저히 분리하는 것
이다. 더불어, 철조망의 내부로 들어간 이후에는 살아
서 나갈 수 없게 된다. 이것은 이 세계를 지배하고 있
는 질서와도 같다. 하지만, "태풍이 불고 무너지는 것
들은/질서가 있는 구조물"이다. 이미 쓰러진 채로 자

라는 넝쿨은 무너지지 않는다. "묵묵"부답인 듯 보이는 넝쿨은 질서와 무질서를 엮어가며 "묵묵"히 버티는 것으로 제 나름의 "대답"을 하고 있는 것이다. '한 해의 엉킴'으로도 철조망의 시절은 넝쿨의 시절이 될 수 있다. 살아서 철조망에 들어와 "살아서 나갈" 수 없겠지만, 살아 있음과 죽음을 엮으며, 나가야 할 바깥을 내부로 들여 허물면, '살다'와 '나가다'라는 관념 뒤에 숨은 세계를 매만질 수 있다. 김철의 시는 분리를 위해 설계된 철조망을 끌어안고 안과 밖의 경계를 허물어 넘는 넝쿨이 되어간다. 그의 시는 이미 우리에게 엉겨 붙어 우리가 듣지 못하던 그늘에 음파를 보내, 그 그늘을 깨뜨렸다. 장막 뒤로 가려져 있던 세계가 쏟아질 수 있도록, 소리 넝쿨이 우리에게 충분히 엮이게 두자. 그러면, 이 세계의 처절한 절규를 오려내어 나누고, 그것에 우리의 다정한 위로와 소소한 농담을 사이좋게 이어 붙여 볼 수도 있을 것이다.

사이좋은 농담처럼
ⓒ김철

2023년 4월 10일 초판 1쇄 펴냄

지은이 김철
펴낸이 김재범
펴낸곳 (주)아시아
출판등록 제406-2006-000004호
주소 경기도 파주시 회동길 445
전화 031.944.5058
팩스 070.7611.2505
전자우편 bookasia@hanmail.net

ISBN 979-11-5662-626-8 03810